LEKTÜREHILFE

2084, das Ende der Welt

Boualem Sansal

DER QUERLESER

LEKTÜRE
HILFE

2084, das Ende der Welt

Boualem Sansal

Verfasst von Lucile Lhoste
Übersetzt von Gerda Fischer

DER QUERLESER

BOUALEM SANSAL

ALGERISCHER SCHRIFTSTELLER, KURZGESCHICHTENSCHREIBER UND ESSAYIST

- Geboren 1949 in Theniet El Had (Algerien)
- Einige seiner Werke:
  - *Der Eid der Barbaren* (1999), Roman
  - *Sag mir das Paradies* (2003), Roman
  - *Darwin Street* (2011), Roman

Boualem Sansal wurde 1949 in einem Dorf in Algerien geboren. Der gelernte Ingenieur und Ökonom arbeitete als Lehrer und Berater, leitete eine eigene Firma und arbeitete im Industrieministerium seines Landes, aus dem er 2003 wegen seiner Kritik entlassen wurde von denen an der Macht. Als großer Leser begann er erst in den 1990er Jahren zu schreiben.

Seine Werke beziehen sich alle auf die Kultur des Islam, wobei der Autor sich damit befasst, wie diese Religion heute verwendet wird. In seiner Heimat wird er wegen seiner politischen Äußerungen zensiert, in Deutschland und Frankreich ist er jedoch bekannt. Er erhielt zahlreiche Auszeichnungen, wurde 2012 mit dem Ehrentitel Chevalier des Arts et des Lettres ausgezeichnet und erhielt 2013 die Ehrendoktorwürde der École Normale Supérieure in Lyon.

2084, DAS ENDE DER WELT

EIN NEUES 1984 IN DER ARABISCHEN WELT

- **Genre:** Roman

- **Bezugsausgabe:** 2084. La fin du monde, Paris, Gallimard, Coll. « Blanche », 2015, 288 S.

- **Auflage:** 2015

- **Themen:** Totalitarismus, Antizipation, Religion mit einer Gottheit, Revolte, Lüge, Manipulation der Geschichte

Sansals siebter Roman, erschienen 2015 und 2084, knüpft an den 1949 erschienenen Science-Fiction-Roman von George Orwell (englischer Schriftsteller und Journalist, 1903-1950) von 1984 an. Im Jahr 2084 besteht die Welt aus einem einzigen Land namens Abistan, vollständig durch Unterwerfung unter den Gott Yölah und Abi, seinen Stellvertreter, regiert. Aber Ati, die Hauptfigur, beginnt, diese perfekte Welt in Frage zu stellen. Gibt es die Grenze, von der alle reden, wirklich? Wer Sind die Regs, in Ghettos verbannte Banditen? Warum erzählt der Archäologe Nas von einer Stadt, die außerhalb der Kontrolle des alles sehenden Apparats gelebt haben soll?

2084 wurde 2015 mit dem Grand Prix du roman de l'Académie française ausgezeichnet und spiegelt den weltweiten Aufschwung des religiösen Radikalismus wider.

ZUSAMMENFASSUNG

ATIS ZWEIFEL

Ati, der Hauptprotagonist, stellt kaum Fragen nach der Existenz seines Landes Abistan, Yölah, seirem Gott, oder Abi, seinem Stellvertreter und Propheten auf Erden. Da er jedoch wegen Tuberkulose in einem Sanatorium behandelt wird, hat er genügend Zeit, das Geschehen um sich herum zu beobachten und vor allem nachzudenken. Zweifel schleichen sich um ihn herum ein.

Nie zuvor sei ihm in den Sinn gekommen, das bisher Gelernte zu hinterfragen. Aber er erkennt, dass der Heilige Krieg, mit dem das Land die Entsendung von Soldaten über die Grenze rechtfertigt, sinnlos ist, da die Bürger Abistans nicht einmal wissen, was hinter diesen Grenzen liegt. Schlimmer noch, er erkennt, dass die Religion, in der er seit seiner Geburt gelebt hat, fehlgeleitet ist: Maximal ritualisiert, um die Bevölkerung daran zu hindern, an einen anderen Gott als Yölah zu glauben, verbietet sie unabhängiges Denken und sperrt ihn in einem kollektiven Glauben ein, von dem er das Gefühl hat, dass er sich von ihm löst und ein Ungläubiger zu werden.

Seine Zweifel wachsen, als er den Archäologen Nas trifft. Er hat gerade eine alte Stadt entdeckt, die möglicherweise vor Yölah existiert hat, was nach den Grundsätzen der Abistan-Religion unmöglich ist. Lange Zeit später beschließt Ati, Nas in der Regierung aufzusuchen, wo er arbeitet, um ihn nach seinen Entdeckungen zu fragen. Trotzdem merkt er zu spät, dass er in eine Falle getappt ist: Nas ist weg, und jeder, der versucht, ihn zu kontaktieren, macht ihn automatisch zum Verdächtigen. Als er das merkt, hat Ati seine verbotene Nachbarschaft bereits verlassen und ist zum Regierungssitz Abigouv gereist, wohin er niemals hätte gehen sollen.

Von Begegnung zu Begegnung erfährt er, dass sein Verdacht berechtigt ist. Sowohl die in Abistan praktizierte Religion als auch das Land selbst sind absurd, ein totalitäres Regime, das aufgebaut wurde, indem alle vernichtet wurden, die sich ihm in den Weg stellten. Einige Überreste früherer Zivilisationen wurden geborgen, aber von der Regierung versteckt.

Ati, der wegen seiner zahlreichen Straftaten von allen Polizeidienststellen Abistans gesucht wird, beschließt, bis zum Äußersten zu gehen, um die Grenze zu finden und sie zu überqueren, um zu sehen, was dahinter liegt. Vielleicht ist es ihm gelungen.

DIE ENTDECKUNG ABISTANS

Vor seinem Aufenthalt im Sanatorium war Ati wie alle Abistaner: Für ihn bestand seine Stadt Qodsabad nur aus seinem Viertel, der Rest gehörte der Legende an. Als er zurückkehrte, wurde er wie ein Prinz empfangen: Die Heilung von Tuberkulose und die Rückkehr von so langer Abwesenheit konnten nur der Gunst von Abi zu verdanken sein. Aber er hat nur ein Anliegen: eine Illusion zu schaffen und seinen Status als Ungläubiger zu verbergen.

Als Angestellter der Stadtverwaltung und mit Hilfe seines Freundes Koa gelingt es ihm, seine Ermittlungen durchzuführen. Ihre Erkundung des Ghettos ist kurz und bestätigt nur ihr Misstrauen gegenüber den dort lebenden Abtrünnigen. Doch ihr Weg durch die Regierung konfrontiert sie mit der brutalen Realität, die in ihrem Land herrscht.

Als die Zeitungen in Abistan über das von Nas entdeckte Dorf berichten, beschließen Ati und Koa, Nas zu besuchen, um herauszufinden, warum die offizielle Version so weit von dem entfernt ist, was der Archäologe Ati in der Vergangenheit erzählt hatte. Als sie die Grenzen ihrer Nachbarschaft verlassen, wundern sich die Menschen, denen sie auf ihrer Reise begegnen, über ihre Herkunft, da auch sie dachten, dass die Stadt Qodsabad nur aus ihrer Gemeinde bestehe. Sie entdecken auch Karawanen, die sie nie bemerkt hatten, die sich durch das Land bewegen und Gefangene hinter sich herziehen, deren Identität und Ziele der junge Mann wissen möchte.

Um der Polizei auszuweichen, die ihnen auf cen Fersen ist, werden die beiden Freunde von ihrem Beschützer Toz versteckt. Trotz seiner Warnungen setzen sie ihre Reise nach Abigow fort, wo sie auf Gefangenentransporte treffen, die den Propheten Abi verleugnet haben. Von einem Mann denunziert, fragen sie nach dem Weg, und Ati und Koa müssen getrennt fliehen. Ati erkennt, dass er nicht der Einzige ist, der an der Freundlichkeit der Behörden Abistans und der von den Bürgern praktizierten Religion zweifelt.

DAS BEWUSSTSEIN DER VERGANGENHEIT

Schon als er Nas traf, wunderte sich Ati über ein Detail, das schnell an Bedeutung gewann: Warum glaubt der Archäologe, dass die Stadt vor Yölah existierte, wenn es keine Vergangenheit vor dem Gott und dem Land gibt? Da die Abistaner kein wirkliches Zeitgefühl haben (für sie ist sie eingefroren, es gibt keine wirkliche Abfolge von Jahren oder Epochen, sie wissen also nicht, in welchem Jahr sie leben), zweifelt Ati diese Aussage zunächst an. Toz bestätigt die Version des Archäologen, die dem entspricht, was er selbst nach vielen Jahren des Studiums verstanden hat: Das ganze Land lebt in der Absurdität.

Toz sagt Ati, dass die Behörden, seit es Abistan gibt, all ihre Energie darauf verwendet haben, Ereignisse zu manipulieren, um der Sache von Yölah und Abi zu dienen. Bei seinen Recherchen fand er auch eine Vergangenheit vor 2084, die er in seinem sogenannten Museum mit Nippes nachweisen kann. Darüber hinaus hat er entdeckt, dass das Land alle anderen existierenden Zivilisationen ausgelöscht hat, sogar die von Big Brother regierte Angsoc (eine totalitäre Gesellschaft, die von George Orwell in seinem Roman von 1984 entwickelt wurde), die sich ihm am längsten widersetzt hat. Trotz seines Wissens behauptet Toz, dass es kein Zurück gibt und dass Abistan zu fest auf den Beinen ist, um zerstört zu werden. Ati teilt diese Ansicht und macht seine eigenen Entdeckungen, indem er nach der Grenze und dem, was dahinter liegt, sucht.

Auf der Flucht wird er von Bri beschützt, einem der Honourables (Clanführer, die die Politik Abistans beeinflussen), der ihn einlädt, sich in einem Pavillon auf seinem Territorium zu verstecken. Dann, als ein Zeuge ihn in den Bergen von Abistan sieht, verschwindet Ati, ohne zu wissen, ob er das Objekt seiner Suche gefunden hat. Was das Land betrifft, so beginnt es am Ende des Romans zu leiden, was es anderswo verursacht hat: Selbstmordattentäter, die vorgeben, die Orthodoxie zu verbreiten, kommen und versuchen, die Abistans zu bekehren, und sprengen sich selbst in die Luft, wenn sie kurz davor sind, gefangen genommen zu werden, um nicht zu verraten ihre Arbeitgeber.

DER NAS-BERICHT

Als Ati sich mit dem ehrenwerten Bri versteckt, enthüllt dieser ihr, dass die Entdeckung von Nas von einem weitaus beunruhigenderen Dokument begleitet wurde: dem Nas-Bericht. Gerüchten zufolge enthält dieser Bericht die Einzelheiten der Entdeckung der antiken Stadt durch den Archäologen.

Aber Ati ist das erste Glied in einem Plan, den der Ehrenwerte ausgearbeitet hat, um den Bericht zu nutzen, um seine politischen Gegner zu eliminieren. Bri manipuliert ihn, indem sie Ati bittet, das Dokument auf Wunsch ihres Mannes Nas' Witwe zu geben. In der Zwischenzeit stellt Bri sicher, dass der Besitz des

Dokuments seine größten Gegner belastet: Da der Bericht Abi und seine Religion leugnet, ist es ein Verbrechen, es einfach zu halten. So kommt es, dass der betroffene First Honourable seines Amtes enthoben wird, während Bri das Oberhaupt aller Gläubigen und aller Provinzen von Abistan wird.

Was den Bericht betrifft, stellt sich laut Toz heraus, dass es sich um eine Fälschung handelt, da die Gerüchte die Realität überholt haben. Das in Umlauf gebrachte Dokument soll vom Bris-Clan erstellt worden sein. Es enthielt beunruhigende Hinweise auf die Existenz des alten Dorfes, die letztendlich nur Nas sah. Da er dabei verschwand, lässt sich nicht mehr feststellen, inwieweit seine Entdeckung echt war oder nicht. Aber es war unmöglich, diesen Bericht zu veröffentlichen, ohne Abistans Überzeugungen grundlegend zu ändern. So beharrt das Land darauf: Es verdreht die Entdeckungen, damit sie zu der Geschichte passen, die es für sich selbst konstruiert hat.

UNTERSUCHUNG DER CHARAKTERE

ATI

Ati, 32 Oder 35 Jahre alt (er kennt sich selbst nicht genau), war gutaussehend, aber seine Krankheit und sein Leben beeinträchtigten im Allgemeinen sein Aussehen. Er ist groß, schlank, hat grüne Augen und einen hellen Teint, ist bartlos, ruhig, schüchtern und hat anmutige Manieren. Trotz dieser Eigenschaften schämte er sich in seiner Kindheit: Seine weichen, etwas femininen Züge unterschieden ihn von anderen Jungen, machten ihn aber zur Zielscheibe für Männer, die ihre niederen Instinkte mit Jugendlichen befriedigten. Obwohl er diesen Aspekt seiner Jugend völlig ignoriert, hat sich Ati Neugier und die Fähigkeit bewahrt, seine Umgebung ständig zu hinterfragen.

Nachdem er zur Heilung seiner Tuberkulose in ein Sanatorium eingeliefert worden war, war er über zwei Jahre von seiner Heimatstadt weg. Als er jedoch zurückkehrte, wurde er unglaublich freundlich empfangen und erhielt eine angemessene Unterkunft und eine Stelle als Verwaltungsbeamter im Rathaus.

Atis Familie wird nicht erwähnt, aber es gibt eine kritische Verbindung zu ihm: Koa, einer seiner Kollegen. Mit ihm setzt er seine Pläne in die Tat um, um die Renegaten und dann die Abigov zu entdecken. Obwohl er ein bisschen naiv ist, ist er sich der Absurditäten des Abistani-Systems bewusst und versucht herauszufinden, warum es sie gibt.

Er ist von entscheidender Bedeutung für die Handlung. Indem er sich über die Regeln hinwegsetzt und bei den Abtrünnigen in anderen Teilen der Stadt bleibt, deckt er die äußerst zwanghafte Natur des Systems und die daraus resultierenden Fehlentwicklungen auf. Er ist immer nur eine Spielfigur in Brys Plan, und sein Einblick in die Vorgänge in Abistan hält das Funktionieren des Regimes intakt.

KOA

Koa arbeitet im Rathaus und lernt dabei Ati kennen. Die beiden teilen eine Leidenschaft für den Reichtum ihrer Sprache, Abilang, und lernen sich hauptsächlich durch Gespräche über das Thema kennen. Koa wird hoch geschätzt, da sein Großvater Koh eine wichtige religiöse Figur war. Im Gegensatz zu denen, die die Religion verraten und ihre Familien mit ihnen in Ungnade fallen sehen, hat er seinen Verwandten einen guten Ruf in der Gesellschaft Abistans verschafft.

Dieser Status hindert ihn fast daran, mit Ati nach Abigov zu ziehen. Denn obwohl er die Idee, Ungläubige zu bestrafen, nicht mag, bekommt er das Richteramt in einem Hexenprozess (eine Frau, die beleidigende Bemerkungen über Yölah gemacht hatte), weil er der Nachkomme eines guten Mannes ist. Paradoxerweise veranlasst ihn dieses Ereignis auch, wegzugehen, um einen Prozess und eine Verurteilung zu vermeiden, die ihn von Anfang an anwidert.

So neugierig Ati auch ist, was genau Nas aus seiner Entdeckung des alten Dorfes abgeleitet hat, begleitet er sie zum Hauptplatz von Abistan, wo beide entdeckt werden, nachdem sie nach dem Weg gefragt haben. Er flieht in die entgegengesetzte Richtung wie Ati, da jeder dem anderen eine Überlebenschance geben will.

Laut Toz starb Koa bei einem Fluchtversuch, aufgespießt auf einem Pfahl, und sein Grab befindet sich auf dem Gelände seines Clans. Als Ati sich jedoch aufmacht, seinem Freund die letzte Ehre zu erweisen, kommen ihm Zweifel. Er schließt nicht aus, dass Toz ihn irgendwie angelogen hat und Koa noch am Leben ist oder dass er nicht so gestorben ist, wie Toz es beschrieben hat. Die Artikel am Ende des Romans deuten darauf hin, dass die Chaouchs Koa, die Beamten der Abigov, getötet haben.

TOZ

Toz ist ein älterer Mann. Er lebt in einem atypischen Laden in der Nähe der Mauer, die das Abiguv umgibt, und besitzt viele Gegenstände aus dem XXe und XXIe Jahrhundert. Sein Aussehen ist nicht sehr attraktiv: Er ist 20 Jahre älter als Ati, klein, gebeugt und hat einen zerbrechlichen Körper. Andererseits beeindrucken seine Intelligenz und sein Charisma die beiden Freunde, wenn sie ihn treffen.

Der Erzähler beschreibt ihn als ein Chamäleon, das „die Macht hat, jedes Gesicht anzunehmen, das den Umständen entspricht" (S. 163). Er sieht nicht aus wie die anderen Gläubigen und ist der erste Mann, den Ati und Koa nicht im Burni sehen, dem Kleidungsstück, das normalerweise jeden Gläubigen kleidet. Toz zieht sie nur an, wenn er in die Stadt geht, während er zu Hause in Abistan ungewohnte Kleidung trägt: eine Hose, ein Hemd und Schuhe.

Sein Haus und das Versteck, in dem er Ati und Koa versteckt, sind wie in alten Zeiten eingerichtet (Toz erklärt ihnen das nach seiner Recherche), mit Stühlen, Tischen, Besteck und so weiter. Er kennt auch die Namen all seiner Dinge, für die es in Abilang kein Äquivalent gibt.

Später enthüllt er, dass er ein Museum hat, das die Geschichte der Menschen vor Abistan darstellt. Er ist der einzige Einwohner des Landes, auf den Ati Beweise trifft, dass die Welt ein Konto vor 2084 hat. Nachdem er sich lange mit dieser Zeit beschäftigt hat, erfährt er, wie Abistan entstanden ist und warum es nicht einfach zerstört werden kann.

Schließlich bringt er dem Helden das Licht, das er braucht, um die Wahrheit über ihr Land zu verstehen. Aber es bringt auch schlechte Nachrichten: Es ist unwahrscheinlich, dass die Grundfesten Abistans erschüttert werden. Daher kann er nur die Erinnerung an jene uralte Zeit bewahren, die die Abistaner wohl nie wieder erreichen werden.

NAS

Nas ist ein Archäologe im selben Alter wie Ati, den Ati trifft, als er nach Qodsabad zurückkehrt. Er hat gerade ein verlassenes Dorf entdeckt und kehrt nach Hause zurück, um seinem Ministerium Bericht zu erstatten, das die Aufgabe hat, die Ereignisse in die allgemeine Geschichte der Abigov einzufügen und seine Frau Sri zu finden.

Nas taucht nach diesem Gespräch nicht wieder auf. Laut dem Bris-Klan starb er unter nebulösen Umständen: Er tötete sich selbst, weil er lieber sterben wollte, als an seinem Glauben zu zweifeln, und dann wurde er eingeäschert und seine Asche im Meer verstreut. Die wahrscheinlichste Hypothese ist, dass es von Abistan-Beamten beseitigt wurde, damit es keine Zeugen mehr gibt, die behaupten könnten, dass das Dorf existierte, bevor das Regime eingesetzt wurde.

Er ist einer der wenigen, die erkannt haben, dass die Geschichte Abistans auf einer Lüge beruhte. Seine Entdeckungen sind beunruhigend: Das alte Dorf entging nicht nur dem Großen Heiligen Krieg, sondern vor allem dem Apparat, dem geheimen Regierungsdienst, der im Allgemeinen alles sieht. Seine Ergebnisse stellen daher ernsthaft die Grundlagen von Abistan in Frage. Ohne Ati genau zu sagen, was sie sind, erklärt er, dass er Dinge entdeckt hat, die in krassem Gegensatz zu dem stehen, was die Abistans von klein auf lernen. So erkannte er, dass die Religion des Landes eine Lüge war.

SCHLÜSSEL ZUM LESEN

DIE ABSTAMMUNG MIT 1984

2084. The End of the World ist als Fortsetzung von George Orwells 1984 konzipiert, sowohl thematisch als auch in der Chronologie der im Roman erzählten Ereignisse. In diesem 1949 veröffentlichten Science-Fiction-Roman lebt ein Beamter namens Winston Smith in einem totalitären Regime namens Angsoc, in dem das Wesen Big Brother die Rolle des Diktators übernimmt und von allen geliebt wird. Aber Winston macht sich wie Ati eines „Gedankenverbrechens" schuldig: Er rebelliert gegen das Regime, indem er eine ganze Reihe von Regeln bricht (er besucht das Proletarierviertel, hat eine Affäre etc.). Einmal entdeckt, wird er gefoltert, um ihn von seinen bösen Gedanken zu reinigen. Nachdem er völlig taub geworden ist, liebt er schließlich auch Big Brother, nachdem ein Angsoc-Sieg angekündigt wurde. Er stirbt wahrscheinlich durch Hinrichtung.

DER ZUKÜNFTIGE ROMAN

Das Hauptmerkmal von Science-Fiction ist, dass sie in der Zukunft spielt, mehr oder weniger weit weg. Die abgebildeten Welten sind von unseren abgeleitet, und aktuelle Elemente werden verwendet, um die Zukunft zu antizipieren: Ein Land ist entstanden oder verschwunden, ein Krieg hat stattgefunden oder eine Macht hat sich geändert.

Neben der Kritik, die ein solches Genre der Gesellschaft bietet, ermöglicht es auch, Erwartungen oder Annahmen in die Zukunft zu projizieren. So stellt sich George Orwell den Telecran (ein Gerät, das Fernsehen und Überwachungssystem vermischt) zu einer Zeit vor, als das Fernsehen noch lange nicht weit verbreitet war, und im Jahr 2084 nutzt Boualem Sansal die heutigen Sorgen über den radikalen Islam, um sich eine Welt vorzustellen, die von diesem Extremismus dominiert wird.

Ende 2084 erfährt der Leser, dass es innerhalb der Geschichte eine Verbindung zwischen den beiden Romanen gibt: Um sich selbst aufzubauen, vernichtete Abistan alle anderen Zivilisationen, und das letzte Regime, das sich ihm widersetzte, war das Angsoc, das von Big Brother zitiert wurde. Abistan nutzte jedoch die Ressourcen von Angsoc, um seine Basis aufzubauen, was einiges Licht auf die Ähnlichkeiten zwischen den beiden Systemen wirft.

- Abilang ist ganz klar von Novlangue, der Sprache des Angsoc im Jahr 1984, abgeleitet. Es ist auf einen möglichst einfachen Ausdruck reduziert (normalerweise bestehen die Wörter aus nicht mehr als zwei Silben) und soll verhindern, dass der Einzelne seine Umgebung in Frage stellt. Neusprech verfolgte das gleiche Ziel durch vereinfachte Grammatik und Vokabular, die jede Möglichkeit des Dialogs und der Reflexion verhinderten.

- Die Angsoc-Gedankenpolizei ist vergleichbar mit der Gerechten Bruderschaft und dem Apparat. Ersteres ist eine Gruppe von überzeugten Gläubigen, bekannt als die Honourables, und übt eine gewisse politische Macht aus. Gleichzeitig soll letzterer alles über die Taten, Gedanken und Verhaltensweisen jedes Abistans wissen. Der Apparat scheint jedoch weniger effektiv als sein Vorgänger: Während Ati für seinen Überfall auf den Abigov-Platz gesucht wird, wird er nie wegen seiner Rebellion identifiziert oder gejagt.

- Beide Systeme verlassen sich auf die Effizienz der Ministerien bei der Manipulation der Vergangenheit, um sie an aktuelle Überzeugungen anzupassen. 1984 arbeitete Winston selbst im Wahrheitsministerium. Im Jahr 2084 übt Nas seine Fähigkeiten im Ministerium für Archive, heilige Bücher und heilige Erinnerungen aus. Die Ministerien befinden sich an sehr geschlossenen Orten, das erste in London und das zweite in Abigov.

- Es gibt kein wirkliches Bewusstsein für die Vergangenheit. 1984 kann die Geschichte jederzeit gelöscht oder neu geordnet werden; Im Jahr 2084 leben die Abistaner in dem Glauben, dass vor diesem Datum nichts existierte, was der angeblichen Geburt von Abistan entspricht.

- Ein oberster Feind, der von allen Bürgern gehasst und ständig ausgebuht wird: Das sind einerseits Immanuel Goldstein und andererseits Balis. Letzteres ist ein Wesen, das niemals als solches erscheint, sondern dazu dient, seine sogenannten Anhänger zu dämonisieren und sie zu Ausgestoßenen und Kriminellen zu machen.

- In beiden Werken kursiert ein mehr oder weniger fiktives Dokument. Das Buch (geschrieben von Goldstein) soll ein provokantes Werk sein, das sich unter Big Brother-Gegnern verbreitet, entpuppt sich jedoch als eine Schöpfung der Partei. Im Jahr 2084 gibt es ein Dokument, den Nas-Bericht, der ebenfalls fabriziert wurde, um Bri dabei zu helfen, mächtiger zu werden.

- Überall hängen Porträts des zum Gebet bestimmten Herrschers.

Dies sind nur die wichtigsten Punkte, die Ähnlichkeiten aufweisen. Da Abistan auf den gleichen Grundlagen wie Angsoc aufgebaut ist, gibt es viele Analogien zwischen den beiden Werken, die bereits im Titel von Sansals Werk und der Warnung des Autors deutlich werden. 2084 hat auch einen echten augenzwinkernden Bezug auf Orwells Werk, wie das Schild „Bigaye iswatching you" (S. 32) zeigt, eine Ableitung des Slogans „Big Brother iswatching you". ist. (ORWELL G., 1984, Übersetzung von Amélie Audiberti, Paris, Gallimard, Coll. „Folio", 2014, S. 12)

DAS POLITISCHE SYSTEM VON ABISTAN

Abistans Politik basiert auf mehreren wichtigen Punkten:

Eine äußerst genaue geografische Aufschlüsselung. Abistan besteht aus 60 Provinzen, die in Städte und Bezirke unterteilt sind, die durch Zahlen und Buchstaben gekennzeichnet sind (z. B. ist S21 der Name der Gemeinde, aus der Ati stammt). Die Stadt, in der sich das Abiguv befindet, ist um die Zentralregierung herum gebaut, von einer Mauer umgeben und enthält den Platz, auf dem alle Verhandlungen geführt werden, einschließlich Pilgerfahrten.

- Eine starke religiöse Prägung;

- Genaue Aufteilung zwischen den verschiedenen sozialen Schichten;

- Regelmäßige Inspektion der Bürger Abistans durch die Core-Aufsichtsbehörde, die gute Gläubige belohnt und Klagen gegen Ungläubige einleitet;

- Körperschaften, die von allen respektiert werden, auch wenn ihre Rolle nicht immer klar ist: natürlich die Große Mockba, die Abiguv und ihre Ministerien, aber auch die Gerechte Bruderschaft, die verschiedenen politischen Clans und die Mockbas (das Äquivalent zu den Moscheen) für die religiöse Dimension;

- Eine Unterdrückung der persönlichen Freiheiten, aber auch des Zeitgefühls, da die Abistaner keine wirkliche Vorstellung davon haben, in welchem Monat oder Jahr sie leben.

Um ihre politische Macht zu sichern, akzeptieren die Anführer alle Manipulationen: Sie müssen sich als Abis stärkster Unterstützer ausgeben, um Unterstützung zu mobilisieren, ihre Gegner zu neutralisieren, die Presse zu kontrollieren usw. Um die höchsten Ränge zu erobern, entwickelt der Bris-Clan einen besonders komplexen Plan: Konstruieren Sie a Nas Bericht von Grund auf, der in die Hände eines anderen Clans gelangen würde, um die Verantwortlichen zu blamieren und sicherzustellen, dass ihm auf seinem Weg zum höchsten Amt kein Widersacher im Weg steht.

Der normale Bürger mischt sich kaum jemals in die Angelegenheiten des Abiguv ein. Es kann nur vier Gründe geben, warum er dorthin gehen muss: um vor einer Pilgerreise zu beten, sich einer Abiguv-Behörde anzuschließen, sich in einem Krieg zu melden oder als Gefangener nach der Konvertierung zum Gkabul (der Name steht für sowohl die Religion als auch das Buch, das sie symbolisiert).

Das Volk kann geringfügige Beschwerden einreichen, aber jede Herausforderung des Regimes oder Abweichung vom Gesetz wird streng bestraft. Der Übertreter wird entweder in einem Prozess zu einer öffentlichen Prügelstrafe in einem Stadion verurteilt oder in einem Konvoi an die Front geschickt.

TOTALITARISMUS AUF DER GRUNDLAGE DER RELIGION

Die Grundlage der Abistan-Religion ist einfach: Yölah ist der Gott und Abi ist sein Repräsentant. Sie sind abstrakte, symbolische Gebilde, aber jeder Abistar lernt sie früh bewundern. Darauf aufbauend wurden eine Reihe von Maximen und Traditionen entwickelt, um die Masse der Gläubigen zu vergrößern und ihre Hingabe sicherzustellen.

Viele Pilger auf immens markierten Wegen passieren nur Orte, die vom Apparat erkannt werden. Es ist weniger das Ziel, das erreicht wird, als die Distanz, die zurückgelegt wird; es ist die Anstrengung, die der Pilger unternimmt, die die Stärke seines Glaubens demonstriert. Einige sterben während der Überfahrt und zementieren die Feier als Erfüllung ihres Lebens.

Eine andere Tradition, das Joré, basiert auf Denunziation: Wer Joré praktiziert, d. H. meldet seinen Unglaubensverdacht den Behörden, wird für sein Handeln belohnt. Zum Beispiel glaubt ein Zeuge, der beobachtet, wie Ati Sri den Nas-Bericht gibt, dass er einen doppelten Joré vollbringen kann: einen ersten für das Verbrechen des Ehebruchs (die bloße Tatsache, ein privates Gespräch mit einer verheirateten Hauptfrau zu führen, wird damit in Verbindung gebracht) und einen zweiten, um ihn anzuprangern der Überläufer.

Abilang, die einzige Sprache des Landes, ist ein privilegiertes Mittel zur Verbreitung der Botschaften der Religion. Es ist gesetzlich vorgeschrieben, dass es ausschließlich verwendet wird und dass kein Wort viele Silben hat (daher zum Beispiel die prägnanten Namen der Figuren in den Romanen), um Gläubige daran zu hindern, auch nur die geringste Fähigkeit zur Vernunft zu entwickeln. Die Schulen halten natürlich ihre Klassen in Abilang ab und nutzen es, um die Kinder zu bekehren und sie zu perfekten Anhängern von Yölah zu machen.

Im Buch Abi sind alle Worte des Gottes und seines Stellvertreters festgehalten, die von den Gläubigen auswendig gelernt werden müssen. Einige lenken ihr Leben, wie in diesem Auszug gezeigt, vor die Augen derjenigen gestellt, die vom Core untersucht werden, der Regulierungsbehörde, die Regierungsbeamte befragt, um ihre Überzeugungen zu beurteilen:

> „Ich habe Komitees der Weisesten unter euch gebildet, um eure Taten zu beurteilen und eure Herzen zu prüfen, um euch auf dem Weg von Gkabul zu halten. Sei ehrlich und aufrichtig zu ihnen, denn sie sind meine Boten. Es wird dem Schlauen einfallen und drängen. Ich bin Yölah, ich weiß alles und ich kann al es." (S. 87)

Zum Gebet eignet sich jeder Anlass: mehrmals täglich in den Mockbas, vor jedem Abi-Bild oder bei der Begrüßung eines hochrangigen Mitglieds der religiösen Verwaltung. Das Ziel dieses Manövers ist es, sich vollständig dem Gkabul (Abilang für „Akzeptanz") zu unterwerfen. Es ist eher eine Akzeptanz als eine Unterwerfung: Akzeptanz von allem, was mit dem Glauben an Abistan zu tun hat und vor allem, dass es nichts anderes gibt.

Darüber hinaus zwingt das System die Bevölkerung dazu, im Widerspruch zwischen einer unvermeidlichen Unterwerfung und dem Willen zur Revolte gleichzeitig zu leben. „Unterwerfung ist unendlich köstlicher, wenn man die Möglichkeit der Befreiung zugibt, aber aus diesem Grund ist Meuterei auch unmöglich; es gibt zu viel zu verlieren." (S. 51) Trotz des Systems, das eingerichtet wurde, um jede Möglichkeit der Reflexion einzuschränken, ist es für einen Abistan unmöglich, irgendwann nicht zu zweifeln, und auch nicht zu lange zu zweifeln: da die Existenz vollständig durch die Unterwerfung unter das Gkabul bestimmt wird, jede Revolte würde zum vollständigen und unwiderruflichen Verlust von Eigentum, Freunden, Familie oder sogar Leben führen.

EINE KRITIK DES RADIKALEN ISLAM

Boualem Sansal prangert in fast allen seinen Werken jede Form von Religion an, insbesondere den Islam. Im Jahr 2084, zu einer Zeit freigelassen, die durch die Nachrichten über den Terrorismus und die zunehmende Radikalisierung sehr verunsichert war, nimmt er den religiösen Extremismus ins Visier, der die Massen manipuliert und sie der herrschenden Macht unterwirft.

Natürlich geht es hier nicht darum, die Religion selbst zu kritisieren, sondern den Gebrauch, der von ihr gemacht wird. Als Ati das Museum in Toz besucht, erklärt er, dass der Glaube, den er kennt, „aus der inneren Unordnung einer alten Religion geboren wurde [...], deren Federn und Zahnräder durch den gewaltsamen und widersprüchlichen Gebrauch im Laufe der Jahrhunderte gebrochen wurden sie, waren gebrochen" (S. 251).

Der radikale Islam wird im Roman aus einem einfachen Grund nie klar benannt: „In totalitären Systemen kann man die Dinge nicht benennen. Man muss sehr symbolische, unverständliche Dinge verwenden. Der Feind ist der Feind, das ist alles." (SENGLER L. „Boualem Sansal: ‚2084' le règne de l'islam radikal", in Metro, 12. Oktober 2015)

Die Religion hat einen Namen, Gkabul, einen Gott, Yölah, und einen Propheten, Abi, aber niemand hat sie gekannt oder hat eine schriftliche Aufzeichnung darüber, was das wahre Gkabul gewesen sein soll.

Die wenigen Artikel, die den Roman abschließen, beweisen jedoch, dass sich Abistans Techniken allmählich gegen sich selbst wenden. Ausländer kommen zu den Mockbas, um die Orthodoxie zu fördern, junge Menschen zum Kampf gegen ihr Land aufzustacheln und sich selbst in die Luft zu sprengen, wenn sie verhaftet werden sollen – genau wie radikale Bewegungen, die vorgeben, sie selbst zu sein, um sich zum Islam zu bekennen. Die Behörden rufen dazu auf, diejenigen zu denunzieren, die verdächtigt werden, zu dieser Rasse zu gehören, so wie sie es bei Ungläubigen getan haben.

Natürlich ist der Islam in der alten Religion, die als Grundlage für den Bau von Gkabul diente, leicht zu erkennen. Das Gkabul und seine Traditionen sind ein scheinbar impliziter Hinweis auf den vorherrschenden Radikalismus. Indem er die Absurdität des Gkabul anprangert, möchte der Autor die Unzulänglichkeiten dieser Abweichung aufzeigen, damit der Leser sich der Gefahr bewusst wird. Er tut dies jedoch, indem er einen Hoffnungsschimmer hinterlässt: Die Welt, die er beschreibt, existiert noch nicht, und es ist noch Zeit, das Schlimmste abzuwenden.

STOFF ZUM NACHDENKEN

EINIGE FRAGEN, UM IHRE REFLEXION ZU VERTIEFEN.

- Welche Parallelen lassen sich zwischen 2084 und George Orwells Roman 1984 ziehen? Warum, glauben Sie, hat der Autor seinen Roman in dessen Verwandtschaft gestellt?

- Wie könnte das folgende Zitat aus dem Roman 1984 auf Ati, Koa und Toz zutreffen?

> „In Wirklichkeit gab es kein Entrinnen. […] Tag für Tag, Woche für Woche daran festzuhalten, eine Gegenwart zu verlängern, die keine Zukunft hatte, war ein Instinkt, der nicht zu besiegen war, genauso wenig wie die Lunge es verhindern kann Luft holen, solange es Luft zum Atmen gibt." (ORWELL G., 1984, Übersetzung von Amélie Audiberti, Paris, Gallimard, Coll. „Folio", 2014, S. 204)

- Wie könnte 2084 als Science-Fiction bezeichnet werden?

- Warum kann man sagen, dass Gkabul dem radikalen Islamismus ähnelt? Begründen Sie Ihre Antwort mit Elementen aus dem Roman.

- Gibt es eine Wahrheit in Abistan? Wie aufschlussreich ist Atis Argumentation in dieser Hinsicht?

- Der Erzähler sagt über Abilangs Armut:

> „Am Ende aller Enden wird Stille sein, und sie wird schwer wiegen und all das Gewicht der Dinge tragen, die seit Beginn der Welt verschwunden sind, und das noch schwerere Gewicht der Dinge, die

> nicht entstanden sind, weil es keine Bedeutung hatte Worte, um sie zu benennen." (S. 103)

Wie kann Ihrer Meinung nach die Auferlegung dieser Sprache zu solch einem fatalen Ausgang führen?

- Der Erzähler beschreibt detailliert die Sitten und Gebräuche Abistans. Welche Elemente in diesen Beschreibungen tragen dazu bei, eine klare Grenze zwischen den sozialen Klassen zu ziehen?

- Inwiefern ist die Behandlung der Entdeckung des alten Dorfes durch Nas ein Beispiel für Manipulationen durch die Behörden? Beantworten Sie die Frage mit Elementen aus dem Roman.

- Die Abistans beziehen sich oft auf die Grenze, hinter der die Gebiete des Feindes liegen sollen. Aber wenn Abistan die einzige Welt sein soll, wie erklären Sie sich dann, dass es eine Grenze gibt?

- Welche Vermutungen können Sie angesichts der verschiedenen Artikel zum Abschluss des Romans über die Zukunft Abistans anstellen?

Ihre Meinung ist uns wichtig! Hinterlassen Sie einen Kommentar auf der Website Ihrer Online-Buchhandlung und teilen Sie Ihre Favoriten in den sozialen Medien!

ZUSÄTZLICHE INFORMATION

REFERENZAUSGABE

SANSAL B., 2084. *La fin du monde* (Das Ende der Welt), Paris, Gallimard, Coll. « Blanche », 2015.

REFERENZSTUDIEN

ORWELL G., 1984, Übersetzung von Amélie Audiberti, Paris, Gallimard, Coll. « Folio », 2014.

SENGLER L., „Boualem Sansal: ‚2084' die Herrschaft des radikalen Islam" (Boualem Sansal: „2084" die Herrschaft des radikalen Islam), in Metro, 12. Oktober 2015.

http://fr.metrotime.be/2015/10/12/interview/boualem-sansal-2084-le-regne-de-lislam-radical/

Deine Meinung ist uns wichtig!
Hinterlasse doch einen Kommentar auf der Seite
unserer Online-Buchhandlung
und teile Deine Favoriten in den sozialen Netzwerken!

derQuerleser.de

Literatur auf den Punkt gebracht!

www.derQuerleser.de

ISBN digitale Ausgabe: 9782808687027
ISBN gedruckte Ausgabe: 9782808698429
Pflichtexemplar: D/2023/12603/1122

Cover: © Plurilingua
Logo: © Graphicrepublic (Freepik.com) und Plurilingua

Digitale Aufbereitung: Primento, der digitale Partner der Herausgeber.